내 안에 그대 있지만
나는 늘 외롭다

내 안에 그대 있지만
나는 늘 외롭다

지은 이·김충래
펴낸 이·임종대
펴낸 곳·미래문화사

찍은 날·2001년 1월 25일
펴낸 날·2001년 1월 30일

등록 번호·제3-44호
등록 일자·1976년 10월 19일
주소·서울시 용산구 효창동 5-421호
전화·715-4507/713-6647
팩시밀리·713-4805

E-mail·mirae715@hanmail.net
ISBN·89-7299-203-8-03810
ⓒ2001, 미래문화사

정가·5,000원

미래시선 110

내 안에 그대 있지만
나는 늘 외롭다

김충래

미래문화사

自序

세월이 남긴 흔적들을 무심하게 지나치던
어느 날, 혼자만 옛것들에 둘러싸인 것
같은 착각을 한다. 영혼 깊숙이 내재한
우수를 외로움이라 하던가?
진실들이 충돌하는 혼돈 속에서도 아직
가슴에서 지워지지 않은 한마디 고백을
아름다운 외로움으로 승화시키는 작업은
내게 벅찬 환희였다.
새겨 두고 싶은 것들을 마음의 화폭에
담아 내려 정성껏 손질했지만 어쩔 수
없는 글의 한계 앞에서 부끄럽기만 하다.

2001년 1월
김충래

차례

2. 외로워서 삽니다

3. 가슴 저미는 슬픔 하나

4. 고백의 기도

5. 벚꽃 지는 밤

6. 산에 하얀 바람이 불더니

지우려고 애쓰지 않기로 했다. *1*
아픔마저 없었더라면
너무 쓸쓸한 삶이 되었을 것이다.

사랑은 추억 되어

내 안에 당신 있듯이

당신 곁에선
밤은 꽃잎으로 피어나고
아침은 찬란한 꿈으로 밝았지요

침묵 속에서도
사랑의 별들이 돋아나고
가슴에 충만한 기쁨은
영근 석류의 웃음 같았습니다

그때 우리는
가난이 부끄럽지 않은
적나라한 모습으로
빈손, 바람의 휘파람 소리,
외로움만큼이나 빛나는 별들의 슬픔마저
비로소 행복으로 바라볼 수 있는
부요함이 있었습니다

내 안에 당신 있듯이
당신 안에 나만 숨쉬어야 합니다

차 한잔의 대화

혹은 마음의 상처 같은 것들이
예쁜 추억으로 포장되고
황야에 던져진 벌거숭이 사랑이
가물거리는 환희로 되짚어 오는
그만한 세월의 긴 거리

묵은 책갈피에 꽂힌
바랜 단풍잎 같은
끈질긴 미련들로부터
진정한 자유를 얻고 싶었다

세월의 틈새로 빠져 나간 탓인지
앳되고 해맑은 모습은
노을빛에 반쯤 가려지고
삶 속에서 단련된 미소가
찻잔 위로 어른거린다

청춘의 무모한 정열은 멎고
세상 도리로 다듬어진 만남
세상 얘기 끝에 가슴에 맴돌던 한마디
"그때 우리 철부지였지요"
지난 마음의 갈등들을 말끔히 씻는

한마디였다
아문 상처 위로
잔잔한 흉터 아직 남아 있는데
"우리 친구로 지낼 수 있어요"
오랜 연민은 결국
이 한마디를 위한 몸부림이었다

우정은 영원한 향수 같은 것
번지는 차 향기에
모진 세월 지는 모습이 언뜻 보였다

마지막 편지

그리도 빨리 끝날 거라면
시작조차 없었으면 좋았을 걸
허공으로 비산하는
사랑의 알갱이들 바라보며
편지 접어 가슴에 묻고
부푼 그리움 접어
영혼에 묻을 때
시퍼런 고독만이 남았다

삶의 허구를 거반 배워 버린
그리도 슬픈 편지
그게 마지막이었지 아마

떠난 자리

눈발 흩날리면
하얗게 새겨 둔 네 자리
버섯처럼 돋아난
촉촉한 외로움이 번진다

너를 생각할 때면
어린시절 저잣거리에서 놓쳐 버린
어머니 손이 떠오른다
울다 울다 지쳐 돌아서던
그 절박한 아픔이……

나는 그 강이 흐르고 있음을 보네

내 영혼에 사랑이 머무는 한
밤에도 그 강은 유유히 흐르고 있네
너와 내가 만든 긴 사연의 강에서 문득
쉬고 싶을 때면 도심 한복판에서도,
호젓한 시골 숲길에서도
나는 그 강이 흐르고 있음을 보네

그 부드러운 흐름 속에
이별이 있고 눈물이 있었기에
너와 나의 이야기들이 헤엄쳐
오기도 하고 흘러가기도 하는 강가에서
물의 깊이보다 더 깊은 아픔을 보지만
내 사랑의 강은 겸손한 흐름만 있을 뿐
한번도 거스름이 없는 아름다운 진실,
한번도 쉼이 없던 우리의 노래였네

내 영혼에 사랑이 숨쉬는 한
밤에도 그 강은 도도히 흐르고 있네
너와 내가 만든 포근한 사랑의 강에서 잠시
잠들고 싶을 때면 드맑은 하늘에서도,
하얗게 펼쳐진 설원에서도
나는 그 강이 흐르고 있음을 보네

그 의연한 흐름 속에
순정이 있고 환희가 있었기에
너와 나의 정겨운 꿈들이 별처럼 하나 둘씩
떠오르기도 하고 지기도 하는 강가에서
내 사랑의 강은 영원을 향해 묵묵히 흐를 뿐
한번도 욕망에 흔들리지 않은 아름다운 믿음,
한번도 잊어 본 적 없는 우리 영혼의 쉼터였네

타는 저녁 노을이 그 수면 위에 잠길 때
그리도 안타까운 그리움도 지는가 싶어
망연히 눈을 감으면 찬란한 별무리가 뜨던 강

무정한 고독이 성성한 계절에 나는
늘 거기 앉아 있었네

살아 있는 초상

모두가 흙이 되고
바람 되어 떠나가는데
옹글게 버틴 연민 하나가
구름 따라 피어나다 비로 내린다
사랑의 포말들이 벅찬 가슴 채울 때
실로 너는 또 다른 나였고
내 영혼의 끈질긴 불꽃이었지

행복은 상상만큼 날개를 펴고
영원인 양 들떠 하던 하얀 착각들
일일이 부침하던 아픔의 강가엔
무성한 허무의 이파리들만 돋아나고
너의 편린들이 산재하는 공간에서
그리움의 화살 꽂힌 채
너 어찌 맑은 무지개로 거기 서 있는가

나를 버려 네게 새살 돋게 하는

가시덤불 헤치고 솟아난 백합 송이
그가 너에게 준 신선한 아름다움을 통해
사랑을 느꼈다면
머지않아
시들어 버릴 꽃에게도 그러겠느냐

아름다움은 기적 같은 순간일 뿐
모든 게 허물어져 가는 삶은
네가 지기에 힘겨운 짐이 되겠지

나를 버려
네게 새살 돋게 하는 사랑을 보느냐
소유를 사랑인 양 고백하던 모순을
주는 거라고 고쳐 알기까지
우린 고달픔에서 서성거리리라

사랑이 아름다움으로 남기 위하여
뿌려야 할 눈물만큼
성숙한 기쁨 또한 있겠지만

아직은 미숙한 사랑이 태반인 세상에서
잠들 수 없는 밤을 지키기에 힘이 든다

사랑은 추억 되어

사랑이 가져다 줄 아픔에 대하여
사랑이 지닌 고독한 몸부림에 대하여
사랑이 남길 허다한 슬픔에 대하여
아무런 준비도 없이
우린 벌써 그 길 걷고 있었지

세월의 탁류에 씻기면서 모르는 것보다
아는 것이 더 많아진 서로를 느끼며
삶이 짐이 되어 현실 속에 뒹굴어도
정은 인내의 언어로 세월을 낚고
사랑은 추억 되어 하늘 위에 쌓인다

이젠, 혼자이어선
너무나 슬플 것 같은 연민으로
영원의 바다 향한 영혼의 동반
굽이치는 여울목에선 서로를 감싸며
아직도 남은 강길 그렇게 흐르리라

석양마저 져버리면

하루를 태워 버린 노을이
어둠 속으로 함몰되어 가는데
달은 여민 옷고름 풀어
하늘처럼 맑은 물에 티끌을 씻으며
부끄러운 내 삶의 너스레들을 넘보고
별들은 물 속에서 자맥질하며 줄넝인나

눈을 감으면 은하의 한 개울에서
남은 별들이 지는 소리가 들린다
따사로운 사랑의 빛으로 머물다
외로움으로, 슬픔으로, 환희의 날개로
그렇게 종적을 감추고 나면
혼자 지새워야 할 밤이 너무 길기만 하다

여행길 나그네 걸어도 걸어도 어제 오늘뿐
내일은 언제나 당신의 영역인 걸 알면서도
부질없는 것들을 들추며 꿈을 꾼다
이제, 무수한 사랑의 언어도 멎고
불꽃이 사위면 재만 남듯이
영욕의 낱장들이 찢겨 나가고
오늘에야 덧없이 하늘거리는 그림자를 본다

사랑은 오만한 무법자였네

우연이었지
기다린 적도 없었는데
생의 여명, 그 백지 위에
별무리 지어 내려앉은 사랑은
차라리 아름다운 환희였네

우중충한 일상의 것들이
찬란한 꿈으로 되살아나는 기적
비로소 운명이 되어 버리고
얼마나 좋았으면 그때
나는 영원을 넘보곤 했었지

아픔들이 비로 내리는 거리
하얀 우산 하나 펴 들고
서로를 다독거리던 정이
가슴 한 가득 무지갯빛 소망으로
차올랐었는데……

네가 떠난 후
난 기다렸지, 아주 오랫동안
뼈를 드러낸 앙상한 외로움들이
속으로 충혈된 아픔이 되고

절망이 체념으로 바뀔 때까지
환희, 영원,
그리고 별빛 꿈들이
무중력 보푸라기가 되어 버리고
잊으려 할수록 부메랑처럼 되돌아온
어수룩한 미련들

생각해 보면
만나고 헤어짐이 어찌
우리의 의지였으랴만
줄곧 그리움만 강요당했던
그 오랜 세월, 결국 나에게
사랑은 오만한 무법자였네

독 백

내 말을 알아들을 사람이 없네
눈물의 뜻을 전할 사람이 없네
사랑 또한 그러한 이 세상에서
멍들어 슬픈 가슴을
열어 보일 사람이 없네

강가에 오롯이 앉아
바람에 눈물을 말리며
혼자 가슴에 말한다
내 영혼이 아파하는 이 독백을
언제까지 해야 할는지

새벽에 하늘마저
강물에 가라앉아 잠을 자는지
별들이 물 속에서 졸고 있다

강물이 멈추면
나도 그만 말하겠는데
강물도 나만큼
맺힌 얘기 쌓였는지 밤새
쉼없이 도란거리며 흐르고

그러다 다시 아침,
나는 난도질하는 어느
시장 어귀에서
삶의 처절한 전쟁을 본다

그 슬픔이 땅으로 스며들어

발밑에서 하얀 눈의
흥건한 눈물을 보았다

그 슬픔이 땅으로 스며들어
화사한 봄날 꽃으로 웃다가
떨어진 꽃잎 자리에 생명 담은
알갱이 속에서 비로소
아늑한 미소를 짓는 것을 보았다

바람은 바람을 나르고
세월은 세월을 나르는 반복 속에서
슬픔이 기쁨으로 다시 태어나는
그리도 신비한 기적으로부터
맑은 슬픔의 잠재력을 보았다

슬퍼서 절망하지 않던
어머니 눈물이 오고, 다가올
생명들을 끊임없이 이어가는
그윽한 사랑의 의미이듯

겨울의 슬픔은
황량한 대지에 결국 봄을 잉태하고

네 속에 뜨겁게 용해된 눈물은
내 영혼에 참사랑을 지피던
꺼지지 않는 영원한 불길이었지
슬픔은 그렇게 세상을 만들어 가는 신비

황홀한 허망

낙엽에게 무엇을 물으랴
황홀한 허망을 살다
흙이 좋아 흙으로 가는
낙엽에게 무슨 말을 하랴

인생도 그렇게
저무는 언덕으로 빛이 사라지듯
먼지로 가는 황홀한 허망

사랑도 그냥 가버릴
삶의 날갯짓 아니던가
이별에 익숙한 것들
바람이
물이
구름이
세월이 그러하듯
모두가
황홀한 허망을 살다
늘 흔적이 없이 가버릴 것을

삶의 끈질긴 집착들이
파도처럼 무너지는 언덕에서

우리는 결국
황홀한 허망에 살다
부질없는 얘기들만
남기고 가는 나그네였습니다

잊혀진 것들의 눈물

첫눈 흩날리는 거리에서
봄비에 젖은 오솔길에서
언제나 그만한 거리를 두고
언뜻언뜻 되살아나는 너는 신기루

낙엽들이 쓸리는 고궁에서
막차마저 떠나 버린 빈 대합실에서
의자 위에 묵혀 둔 먼지 털어내며
잃어버린 이름들을 부르는 너는 그림자

한 마리 학이 되어 춤을 추다가도
알지도 못할 허공으로 네 모습 감추면
가슴속에선 한 무더기 별들이 무너지고
아득한 아픔의 함성 실어 나르는 너는 바람

메마른 가지 위에 안개비 내릴 때
행여 잊혀진 것들의 눈물인가 하여 창을 열면
아직 사랑으로 빛나는 얼굴 도사리며
어설픈 집착 나무라기나 하듯 손 흔든다

바람이 분다,
멈출 줄 모르는 눈물을 핥으며

그렇게 님은 꿈처럼 왔다가는
또 어디서
잊혀진 것들의 눈물 닦고 있을까

아름다운 허상

사랑은 그리움으로 연명하고
강은 인내로 흐르는가
그러나 그리움도 인내도 욕심인 것 같아
이제 빈 마음으로 노을 보려 하네

망연히 떠 있던 한 조각 구름이
영혼의 자락처럼 흐르고
바람이 소스라쳐 밀려가는 순간
부질없는 것들이 무너지는 소리

갈대꽃이 유난히 고혹스런 늦가을,
잎이 진다고 서러워 말아야지
헐벗은 가지 보며 아파하지 말아야지
계절은 저 나름의 그림을 조용히
그리고 있었을 뿐
생명들은 그런저런 시달림으로
오히려 푸른 하늘 향해 머릴 들지 않던가

하얀 빛 속으로 명멸해 가는 지난 모습이
이제 부끄러운 듯 눈을 감네
생각해 보면
세상에서 사랑의 약속은
황혼빛 같은 아름다운 허상인 것을……

우린 영혼에 내재한 자신과
싸우고 타협하면서
세월을 버티다 결국 흙으로 가는
영롱한 빛이었습니다.

2

외로워서 삽니다

외로워서 삽니다

외로워서 삽니다

더불어 산다지만
때론, 외로움으로
슬퍼하고
기뻐하기도 하며
결국은 혼자 성숙합니다

나이 들어서야
웃으면서도 우는 법을
알았지만
외로움은 사실
삶의 그림자였습니다
그 그늘에서 하루가
시작되고 또 집니다

하나의 만남은
또 하나의 외로움을
잉태한다는 것도
알았습니다

이제

당신을 잊고 싶어도
그 뒤에 남을
외로움까지 잃을까 봐
엄두를 내지 못한 채
혼자서 둘의 삶을
묵묵히 지고 갑니다

정말 외로워서 삽니다

후 회

보수하기엔 너무 낡고 허물었어
흩어진 조각들 긁어모아도
온통 부질없는 것들인데
지친 삶의 여울에 은은한 호소처럼
밝게 빛나는 참빛 한 줄기
내 영혼 머물기에 흡족한 밝음이
위로부터 기왕에 있었던 것을

저 빛살 속에
생명은 스스로 자라나는 순
근원으로부터 있어 온 버틸 힘으로
자꾸만 위로 자라나
영원을 넘보게 하는데
얼버무릴 수 없는 저지른 잘못들 이고
치렁대는 빗길에 아직 서 있는 부끄러움

나는 언제나 당신 앞에
부끄러움 없이 설 수 있을까요

눈물의 의미

눈물은
가난의 알몸입니다
사랑을 그리움으로만
앓다가 멎어 버린
심장의 고동입니다

눈물은
세상을 겉도는
자식을 하나님께 맡기는
어머니 기도입니다
손수건이 부족하여
치마폭으로 연신 닦아 내시던
어머니의 굵은 아픔입니다

눈물은
일찍 간 님, 아니 차마
사랑을 흙에 묻을 수 없어
가슴에 묻는 연인의 한입니다
밤새 풀잎에 내린
별들의 간절한 호소입니다

눈물은

정직한 열정
용서와 사랑이 한데 어우르는
싱그러운 영혼의 만남입니다

어 제

어머니도 친구도 사랑하는 이도
언제든 만날 수 있었는데 그때는……
어머닌 가시고 가까운 이들 하나 둘 내 곁을
떠나가 버린 채 혼자 석양을 지키고 있습니다

가장 외로운 인생의 계절에, 새삼
그리움의 유리벽에 갇혀
밤엔 달을 창에 달아 놓고 잠을 청하지만
고독은 제 버틸 힘으로 어스름 달빛과
날밤을 새우기 일쑤입니다

밝은 햇살이 생명을 거느리고
어두운 절망들을 거둬 낼 때
하나님은 건조한 받침대 위에 그대 나 세우시고
사랑의 얼개로 둘을 묶어 두셨는데, 이제
조각난 내 사랑의 파편들 속에
외로운 주상 하나 영혼의 정수리에 남았습니다

길들여진 삶의 테두리 속에서 얻은 건
세월의 탓만이 아닌 실마리조차 알 수 없는
아픈 삶의 흔적들뿐입니다
새하얀 화폭 위에 그리도 많은 모습들

지울수록 선명한 사랑의 숨결인 것을……
바래 버린 것들의 어디쯤엔가
그리던 이의 열린 가슴 있으련만
삶이란 잠깐의 만남, 그리고
이별의 연속인가 봅니다

어제들은 그렇게 시치미를 떼고
조용히 새날을 들추고 있으니 말입니다

마네킹의 슬픔

삶을 이고 가는 분주한 거리에서
인생은 한 줄기 바람인 것을 생각한다
나를 향해 눈 둔 여인의 마음 들추며
젊음도 한낮 경점更點 임을 말해 주고
화사함에 취한 가난한 소녀에게는
롯의 아내 슬픈 얘기 들려주고 싶다

오늘도 손발 꺾어 새옷 입히더니
미소 그려 넣은 얼굴 거리 향해 세운다
왼종일 세워 둬도 지쳐서는 안 되고
여름엔 맨살 부끄러움으로
겨울엔 긴 털옷의 고통으로
끈질긴 악연의 삶을 자아내야 하는
내 슬픈 얘기들 별 되어 하늘 간다

마음이 엇갈리는 눈과 눈 마주칠 땐
삶은 모두 자신의 고독을 지고 가는
순례자의 고통이라 애써 위로하며
지는 낙엽 허전한 넋두리 떠올린다

세월이 졸고 있는 어느 결엔가
늙지 않는 비결 무엇이냐고

호소하듯 던진 말씀 생각납니다
사실이지 나는 없어요
나에게서 사치스러운 옷 벗기면 시린 조각들뿐
늙을 수조차 없는 영롱한 무지개 허상입니다

지난날

무던히도 긴 세월
우산도 없이 빗속을
그렇게 뛰고만 있었다

몸은 온통 비에 젖고
숨이 너무 차
돌이켜 생각해 보니
그냥 걸었어도 될걸

몽유병 환자처럼
그 말만
되풀이하고 있었다

소중했던 것들이 모두
부질없는 것으로 바뀐 자리에
소금기 어린 땀방울만
저 혼자 외로워한다

애착 서린 것들이
떠나 버린 나루터엔
빈 바람 소리만 스치고

남루한 그림자들만
어지러이 서성이며
희미한 빛살 속으로 사라져 간다

숭화 강변
-베트남에서

역사가, 죽음이 그리고
삶의 물살이 혼재한
아픔으로 흐르는 강
길목엔
흐르고 거스르는 배들이
남루한 가난을 나르고
생존이 바로 전쟁이었던
눈에는 아직
눈물 흥건한데
누구의 고백인지
강 언덕에 피고 지는
꽃들이 초록 속에서
색색으로 재잘댄다

아물지 못한 상처
잊어버린 아픔
그마저 모르는 사람들
저마다의 얼굴로
다릴 건너지만
모두는 한데 어울려
하루를 같이 엮어 가야 한다

승리만을 바라며
지하굴을 지피던
불굴의 사람들이었는데
이제, 용서로 한을
덮어 가는 아득한 정경
굽이쳐 흐르는 강은
되돌아오지 못할 아픈
역사들을 연신 나르고 있다

세상이 달라요 어머니

요새 사람들은 아이들이 아프면 곧장 병원엘 갑니다. 의료보험증 보이고 기다리면 치료가 되지요. 그러나 약도 병원도 없는 막막한 세상에서 내가 아플 때면 어머닌 눈물만 흘리셨지요. 설령 약이 있어도 살 수 없을 때는 어머닌 가슴으로 우셨지요. 그 눈물은 약이 되어 내 병을 낫게 했습니다.

요새 사람들은 어머니가 아프면 병원엘 갑니다. 입원하게 되면 간병인에게 제 어머니 맡기고 집에서 TV 봅니다. 그러나 바쁘다는 핑계로 모든 게 이해되는 세상에서 어머니들은 외로움을 눈물로 삭힙니다. 설령 불만이 있어도 애기를 들어 줄 이가 없으면 어머니들은 가슴으로 우십니다. 자식들 때문에 눈물 흘리시더니 이젠 자신의 한으로 우십니다.

요새 효자들은 효도하려고 여행사를 찾아갑니다. 여행경비 지불하고 유럽여행 보내드리지요. 그러나 말도 길도 낯선 미지의 세상에서 어머니들은 안내 깃발 따라다니기에 숨이 찹니다. 알고 싶은 게 있어도 물을 수도 들을 수도 없으니 어머니들 가슴은 갑갑하기만 합니다. 자식들 때문에 우울한 호강만 말로 남습니다.

요새 자식들은 정직하게 살아가려면 무척 힘들어 합니
다. 그래서 어머니가 알 수 없는 아픔 하나 있습니다.
돈만 있으면 불효자도 효자가 되는 세상에서 가난한 자
식들은 눈물만 지그시 삼킵니다. 그럴 때마다 어머니 헤
진 무릎을 베고 누워 옛날 어머니 눈물의 뜻을 헤아려
봅니다.

눈물이 참사랑이란 걸 겨우 알 것 같습니다.
그런데 이 눈물은 또 누가 이어갈 수 있을까요,
어머니.

남남이 사는 곳

어깨 부딪히는 지척에서
마음들은 별만큼 거리를 두고
모두들 남남으로 제 길 걷는다

돌아서는 마음 아프고
돌아눕는 외로움 크지만
저마다 외길 총총한 걸음들

싸울지라도 같이 사는 행복
하늘 난간 노을처럼 사위어 가고
위로받지 못한 넋들은
겨울산에 설화로 가득 피어
시린 달빛 아래 빈손으로 울고 있다

생명은 사랑의 유전인 것
가슴으로 익히지 못한 거한들이
불모의 대지에서 사랑 노래 부르지만

생명들이 표류하는 거리에서
애달픔이 없는 서로의 만남은
무정한 이별만 빚어 놓고

남남끼리 접어 가는 사랑은
어설픈 몸짓으로만 남는다

흰 구름 방랑

병아리 깃털 같은 보송한 차림으로
세상 설움들 머리 풀고 모여
넓은 하늘에 머무는 듯 스쳐간다

부질없는 애착을 나무라듯
애달픔의 끈마저 놓아 버린
넉넉한 길손으로
새하얀 위로의 자락 나부끼며
매임 없는 화려한 외출

삶의 질곡에서 꿈으로나 바라던
온갖 시름 다 벗어 버린 하얀 날개들
부는 바람 따라 머무는 듯 흐르는
거침없는 유영

밤엔, 별빛 쏟아지는 허공에서
사랑의 언어로 지샐거나

객석 사람들

해바라기 해를 향해 머리 들 듯
내시들이 걸어왔을 그런 길
간간이 환호의 박수만 준비하면 그만인
창조의 주변만 맴돌며 안주하려는 듯
삶의 중심에서 벗어나 가슴을 편다

시간은 흐르지만 느긋한 마음으로
피를 토하고 눈물을 흘려야 하는 삶은
무대 위에서 일어나는 남의 얘기
구태여 아파할 이유도 없어
그렇게 평생을 사는 재주꾼도 있다

해가 지면 쓸쓸한 밤이 올 텐데
막이 내리면 박수 갈채 보내고
제 깃 뽑아 둥지 지을 겨울이 올 텐데
머뭇거리며 구경하는 것으로
넉넉지 않은 세월을 그렇게 산다

같은 세월을 소나무는 늘 푸르러
오롯이 하늘 향해 솟아오르고
겨울 나무는 봄의 화사한 재기를 준비하는데
남의 손에 맡겨진 삶을 부끄러워 않는

역사의 객석에서만 머물다 간 사람들……
역사는 객석 사람들 때문에 멈춰 서고
거리는 유랑하는 군상의 발자국으로
짓밟히고 있다.

피라미드 앞에서

영원이 허물어지고 있는
현장에 옛일을 생각하며
숙연히 서 있는 사람들

영생의 향수에 젖은
권력자의 꿈을 위해 뿌려진
땀방울들이 한 방울씩
바람에 마르고
깊게 패인 상처 속에서
우렁찬 허무가 쏟아진다

인간의 역사가 덧없이 지는 곳에
미세하게 남은 하나님 말씀은
헛되고 헛되니 헛되고
헛되니라
만물이 그로 말미암아
도말되리니 세상에
영원한 것은 하나도 없도다

존재하는 것들은
절로 허물어져
한 무더기 흙으로 돌아가는
과정에 불과할 뿐
잠잠한 사막에 바람만 스친다

미움의 얼룩

미움받던 친구 하나 세상 옷 벗던 날
욕심의 덫에 잃어버린 세월 고스란히 두고
허술한 시신 앞에 미움도 정이라던가
모든 게 추스르기 힘든 공허뿐이다

사랑을 나누기에도 부족한 세월을
무엇을 생각하며 서성거리다 가는지
꼭 다문 입은 말이 없구나
작은 것에 감사하며 티없는 기쁨 누릴 수도
있었는데 하루 이십사 시간, 따사로운 햇볕,
촉촉한 빗물까지 공유했으면서, 고작 미움만을
싸둔 보자기 하나 덜렁

파아란 하늘가에 허영의 구름 흐르고
친구 가는 길은 스산한 바람이 분다
꽃들은 이 어둔 시간에도 아름다움 빚어내고
새들은 아름다운 노래의 꿈 키우는데
영혼 깊숙이 패인 미움의 얼룩 하나 지우지
못했음이 한으로 뒤엉켜 후회 짙은 안개뿐이다

지나치면 모든 게 하찮은 감정의 조각인 것을
어지러운 편린들 사이로 조용히 사라지는

세상에서의 모습, 단절은 오해를 키우고 세월은
체념을 부추겨 미움이 성성한 터에 사랑은
미움의 바람뿐이었던가

해는 지고 있는데

삶은 애꿎은 사랑만 무디게 하고
남은 건 바다 같은 빈 침묵뿐
새 한 마리 저 혼자 서러워 울고 간다

바람이 마냥 허공에 머물듯
우리 또한 흙 위에서
이렇게 버둥거리다
어느날 갑자기 일상의 것들이
은둔해 버리면
내가 나를 지탱해야 하는
부질없는 욕망도 산화해 버리고
산자락엔 남루한 여름 햇살 숨어드는 석양

있었던 것들의 흔적
굽이치는 파도는 역사를 삼키고
황혼은 절로 가슴 태워
우리가 남긴 슬픔 조각들 지우고
밤은 잔재 위에 흩어진 허무인데

별들은 또 무엇을 품으려고
흘깃거리며 돋아나고 있는 걸까

어디에도 있는 당신

세월의 항아리에
가득 담긴 얘기들이
지치고 그리운 모습으로
마구 솟구쳐 나와
봄꽃이 되는가 보다

잉잉대며 들녘을 가르던
매몰찬 겨울 바람 아랑곳 않고
부럽게도 가지에 내려앉은
당신의 웃음이 햇살 속에 은은하다

아픔들을 이겨 낸 축복이
상큼한 향기로 번질 때면
내 눈에 눈물이 되어 버린 당신
오늘은 그냥 잊고 싶었는데
더 진한 감각으로 뇌리에 꽂힌다

부지런히 가둬 놓은 닭들이
주춤거리는 해 그림자를 쪼고
남아 있던 구름 조각들
허망하게 밀리면
후미진 땅, 골마다 흩어진 생명들이

황혼에 물들어 가는데
나는 무엇을 쫓다 여기 서서
곤혹스런 시간들만 잉태하고 있는지
당신은 아실 텐데

해돋이

촛불의 눈물이 홍건한 공간엔
아직 그리운 이의 숨결 여전한데
새도록 도란거리던 별들은 되짚어 가고
벽에 걸린 무성한 외로움의 흔적들은
희뜩거리는 여명 속으로 날개 접는다

수많은 조각 구름들이 앞을 막아서도
먼 바다 수평선 너머로 장엄하게
치솟는 불기둥을 가릴 순 없는지
어둠은 다소곳이 머리 숙여 빗장 풀고
태양은 싱그럽게 하늘을 연다

그리도 먼 길 밤새 달려왔으련만
가쁜 숨 내색하지 않는 승자의 얼굴에서
생명들에 대한 열렬한 사랑이 불타고
빛살은 그리운 것들의 얼굴 매만지며
구석구석 고달픈 허물들을 벗기고 있다

파란의 역사가 융해된 바다 위로
드넓게 펼쳐진 붉은 날개는 어머니 품처럼
생명들의 살갗에 위로의 불 지피고
밤새 마음의 심연에서 번뜩이던 시름들은
비로소 빛 속에서 칙칙한 그림자 지우고 있다

바람 부는 강 언덕

물이 이 땅을 적시던 날부터
방울방울 모여 흐르는 물의 길
이 땅 가슴 쓸어내려
바다를 멍들게 하는
은은한 포용, 질긴 인내가
잃어버린 여백을 채운다

그 속 깊이 은둔한 아픔을
어찌 알랴, 바람이
살갗 헤집고 간 언저리에
일렁이는 물무늬 손짓
그 하얀 물보라, 어눌한
고백이 굽이치는 곳

안개자락이 햇살 씻는 아침
간밤에 깊숙이 영롱하던
별들은 붕어들이 삼켰는지
강 밑은 눈물만 가득 괴어 있고
쓸쓸한 정적만 바람에 밀린다

바람 부는 강 언덕
빈 슬픔들이 머물다 지는 곳
조각달은 저 홀로 외롭다

눈을 감으면 언제나 그만한 거리에

영혼 속에 샘솟는 기쁨 하나 있어
아무도 손닿지 못할 거리만큼에
고사리 같은 손 흔들며 나를 부르던 건
다소곳이 머리 숙인 백합일 거야

순백의 얼굴에 짙은 향기 어린
수줍은 미소는 사랑의 고백일까
설레는 가슴으로 너를 보노라면
자꾸만 영원을 넘보는 건 모를 일이야

아파트 양지 바른 곳에 수년 길러 온
군자란이 예쁜 꽃 피웠지만
그보단 된서리 악몽 담담히 받으며
땅을 뚫고 솟아나 꽃대 위에 얹혀진
네 고결함을 따를 수 있으랴

눈을 감으면 언제나 그만한 거리에
연민의 맑은 미소 짓는 외로운 백합
돌아서려 애써도 도로 그 자리
마음은 고요히 그를 바라고 영혼은
살며시 그 향에 취해 밤이면 사랑을 잃는다

영혼 속에 샘솟는 기쁨 하나 있어
날마다 혼자 보는 마음 하늘이어라

그리움은 운명의 짐이지만 때론 황막한 세상에서 **3**
영혼의 위로가 되기도 한다.
욕심의 덫에서 벗어난 그리움,
확실히 아름다운 삶의 구실이 된다.

가슴 저미는 슬픔 하나

그리움

내 안에 너 항상 있지만
너 먼 곳에 있어 그리운 것

바람이 나뭇잎 흔들어
계절의 속삭 드러내고
하늘에 구름 있어
슬픔을 쏟아 내면
먼발치 애꿎은 무지개 속에
머물고 있는 신비한 우상

비척거리는 그 아스라한 시간
갈매기 붉게 울고 간 노을 사이로
색색으로 접힌 슬픔들

그리움은
진실한 기다림
방향 있는 내 사랑의 노래
시렁 위에 올려놓은
어머니 비밀처럼 나는
오늘도 안타까이
너를 맴돈다

떨어진 꽃잎

세찬 바람이 일면
지친 꽃잎들이
외로운 나무 그림자를 덮는다
흐드러진 아름다움
그 눈빛 아직 선명한데
자줏빛 어스름은 영화의 잔재들을
말없이 지워 가고
계절을 붙잡지 못한 무력함에
나는 가슴을 닫는다

한바탕 소나기 지나가면
남루한 꽃잎들이
빗물 질펀한 흙탕길에 눕는다
상큼한 향기
그 진한 연민 아직 흥건한데
빗물은 마지막 남은 체취마저
다급히 지워 가고
망각으로 점철될 이별들을 지키며
나는 외로운 표적이 된다

첫사랑

미완이어서 그리움 더하고
상상으로 채울 공간 넉넉해
아름다운 것

밤이면 하늘에 재워 둔 별들이
부스스 깨어나듯
사유의 깊은 샘에서
수줍게 고개 드는 아늑한 행복

수평의 푸르름이 맞닿는 하늘께
사연 많아 잠 못 드는 파도의 뒤척임은
추억을 채근하는 영혼의 설레임
짧지만 긴 여운의 반추

연초록 잎사귀의 싱그러운 떨림
가슴 헤집는 애틋한 언어들이
때론 스며드는 고독의 자락에서
여위어 가기도 하지만

원형으로 남은 단 하나의 순수함
그리고
찰나 같은 영원한 두근거림이 있는
사랑의 향수 같은 거

당신이 날 떠날 수 있었던 것은

당신이 날 떠날 수 있었던 것은
내가 얼마나 당신을 사랑하는지
내가 우리 이별을 얼마나 아파할지
미처 몰랐기 때문이었을 겁니다

봄이 떠난 자리에 흩어져 누운 꽃잎
가을이 떠난 구석에 빛 바래 마른 낙엽을
나의 아픔으로 알기만 했던들
당신은 떠날 수 없었음을 알고 있습니다
나의 흥건한 눈물 자국
평생 앓아도 오히려 남을 아픔 봤더라면
가신 길 아무리 멀더라도
당신은 되짚어 오셨을 겁니다

당신이 날 떠날 수 있었던 것은
내가 얼마나 슬프게 기다리고 있을지
내가 얼마나 외로움에 부대낄지
미처 몰랐기 때문이었을 겁니다

쓰다 버린 편지들의 구겨진 슬픔
기다리다 지쳐 무너져 버린 망부석을
나의 아픔으로 알기만 했던들

당신은 떠날 수 없었음을 알고 있습니다
나의 뻥 뚫린 가슴을,
평생 흘려도 오히려 남을 눈물 봤더라면
벌려 놓은 일 아무리 많더라도
당신은 잰걸음으로 오셨을 겁니다

보낸 세월이 너무 길고
아픔 또한 견딜 수 없었지만
사랑의 아름다움 지울 수 없어
오늘도 둔덕에 앉아 있는 것은
기다림이 내 몫인 걸 어찌합니까

이제 남루한 세월의 그림자만 길어지고
모든 건 정물화 화폭에 머물러 있습니다

호숫가에 앉아서

수면은 바람무늬 그리며 여울지고
바닥에 깔린 하늘엔 구름 뉘엿거린다
어디서 흘러 모인 영혼들인지
속살 드러나도록 맑은 가슴 열어
소담하게 영근 가을 끌어안는다

무릎 위에 잠든 연인 얼굴에선
맑은 미소의 보푸라기들 묻어나
연민의 공간을 그윽이 채워 가고
마음 속에선 이런저런 바람으로
수수깡처럼 자란 추억들 살랑거린다

시간은 날개 접어 보챔이 없고
영혼들 만남엔 부족함도 없는지
애닯던 지난 일들은 슬며시 잠적하고
고요한 호숫가엔 평온한 숨결뿐
사랑은 하늘 정수리에 살포시 고여 간다

바람마저 멎어 버린 정적 속에
아름다운 만남의 긴 여운이
파란 빛 낱올로 하나 둘 풀려나면
물 위에선 흐드러지게 돋아난 별들이
사라져 버린 것들의 얘길 도란거린다

가슴 저미는 슬픔 하나

해질녘 빛깔 고운 날들을 뒤지다가
빈 하늘 언저리에서 너를 보곤 한다

혼탁한 삶에 씻긴 자국 하나 없는
까까머리 홍안 그대로
세월의 유연한 파도 위에
넘실대는 미소로 거기 서 있다

너만이 채울 수 있는 수채화 공간
세월의 물감으로 아무리 덧칠해도
하얗게 묻어나는 끈질긴 미련
그리움들은 나뭇잎 속살 건드리며
바람 따라 간다

반짝이는 추억의 오수 깨우며
명멸하는 마알간 형상들
혹은 너의 모습으로 혹은 나의 모습으로

그러나 가슴 저미는 슬픔 하나
친구여 우리의 옛날이 자꾸만 잊혀지고 있어

언제나 그랬듯이

봄은 모든 걸 주고 가는가 보다
고작 벚꽃과 목련의 동반이 있을 뿐
연초록 싱그러운 잎사귀, 아름다운 꽃들,
라일락 상큼한 향기도 다 가지에 걸어 두고
기적같이 짧은 첫사랑처럼 그렇게 간다

아쉬움도 미련도 없는 도도한 흐름을
강이라 하던가, 세월이라 하던가
물이 있어 강이 흐르고, 강이 있어 물이 흐르는
거긴 아픔도 매임도 아쉬움도 없는
구김살 없는 만남과 헤어짐의 일상뿐인데

나는 강변에 서서 아직도 마음 속에
그리운 것들의 이름을 불러 본다
떨쳐 버리기 힘든 긴 세월의 것들을……
이젠, 봄처럼 떠나 보내리라
강물처럼 흘려 보내리라
지는 꽃잎처럼 흩어 보내리라

그리고 단 하나 남은 사랑마저
강변에 두고 혼자 뒤돌아가리라
외로움을 어찌하겠냐고 묻는다면

그렇게 묻는다면, 아무 말 없이 이미 타버린
내 가슴만 열어 보여 주리라

생각도 애착도 욕심도 다 멎어 버린
그 연초록 가지들이 깊은 물 속으로 흐르는
그 강변에서 뒤돌아서면, 나 혼자뿐일 게다
나 혼자뿐일 게다, 언제나 그랬듯이
혼자뿐일 게다

기다림

나무가 제 무게 더는 견딜 수 없어
누울 때까지 우리 같이 할 거라고
이렇게 만남은 늘 영혼에
지울 수 없는 약속을 새겨 두지만

혼자였던 세월, 또 가늠할 수 없는
미지의 세월만큼 기다려야 한다면
진작에 기나긴 외로움 견딜 수 있는
인내를 배워야 했는데
너무 저물어 버린 오후가 되었네

나뭇잎들은 연초록 봄과
푸른 여름의 흔적을 안고
가을 허무 속으로 묻혀 가고
맹목의 허물을 벗은 생명 하나
땅 위에 솟아 약속을 기다린다

져버린 잎들이 남긴 사랑
한 켜씩 나이테를 두르면
무거운 몸 주저앉지 않으려고
겨우내 나무는 떨고 있었나 보다

기다림, 그 시간의 길이만큼
무엇을 잃었는지 종잡을 순 없지만
외로움의 먼지가 켜켜이 쌓여도
싱싱하게 서 있는 그 나무 보며
너는 아직 내게 소망으로 남아 있다

친구여

봄은 부푼 가지 위에서 아직 떨고 있고, 세월의
헤진 틈새로 잊었던 우정의 글귀들이 새어 나와
꽃들 위로 내려앉는 것을 본다네
우리가 세월의 강에 낚싯대를 드리우고
월척을 낚겠다던 무용담 같던 꿈들은 이제
텅 빈 낚시 바구니에서 잠적해 가고 있다네

아직 물 속 깊은 곳에는 대어들이 헤엄치겠지만
친구여, 이제 우리 낚싯대를 그만 거두세
기대 속에 살았던 세월이 행복했잖은가. 그리고
맨땅에 솟아난 꽃대 위에 겨울 아픔을 딛고
하얀 미소, 분홍 미소가 수줍은 듯 얹혀지고
각질에 덮인 가지 위에서도 생명의 기적이
꿈틀거리는 것을 아늑한 마음으로 관조해 보세

뭇별들이 아름다운 종말을 맞는 여명에도
동녘의 햇살을 마주하며 홀로 빛나는 별 하나
그 깨끗한 의지가 우리 삶의 고백이길 바라세
고독과 기다림의 아픔마저 사랑의 옷으로 입히고
우리가 가꾼 아름다운 들꽃들일랑 그대로 두세
지나가는 또 다른 나그네들의 기쁨을 위해

밤이 오면 어떤가. 지난 사진첩들 펼쳐들어
그 순간의 의미들을 들추고 다하지 못한 사랑
있거들랑 욕심 없는 마음으로 최선을 다한다면
부족했던 것들은 하늘이 채워 주시지 않겠나

무의미했던 공간들이 당신으로 도배되어

하얀 화폭에
감미로운 채색으로
전설처럼 아름다운
꿈을 그렸습니다

세월의 잦은 비에 젖어도
퇴색하지 않을 영혼에
진솔하게 음각된 고백들이
당신에게 드러나길 바랐습니다

동녘을 향한 아침 해바라기처럼
밤새 그리움으로 꿈을 꾸고
당신의 미세한 우수가
나의 것으로 전이될 때
같이 나눌 수 있어 행복했습니다

시간 속에 고인 사랑의 무게를
혼자는 지탱하기 힘들어
때론 빛나는 별들과
깊은 산 속에서 우는 소쩍새의
마음을 헤아려 보았습니다

이전에는 무의미했던 공간들이
온통 당신으로 도배되어
그 고요한 진동이 아침을 열고
힘든 것들이 기쁨으로 바뀌는 신비
이 모두가 사랑이란 걸 깨닫곤 합니다

한 마리 새 때문에

해질녘에 제 둥지 두고 처마 밑에 앉아
노을빛만 바라보는 외로운 새 한 마리
문을 열면 금방이라도 날아들듯
날갯짓을 하다가도 되돌아 앉곤 한다

그대 소식 오길 기다린 지도 오랜데, 혹시
그대의 사연을 읊고 있는 건 아닌가 하여
밤엔 문까지 열어 놓았지만
깨어 보면 별들만 무심하게 깜박인다

마음 속에 사랑과 더부살이하던
모든 것들이 떠나고 이젠 지쳐 버린
나와 네 울음 소리뿐이구나
기다림에 지쳐 그대 얼굴 지워야겠다고
그토록 애를 썼건만 한 마리 새 때문에
마음은 또 먼 옛날 그림자에 흔들리고
하얀 세월 잔등에서 앳된 그대 얼굴을 본다

꽃필 적엔 외로움으로, 질 때는 떠나는
꽃잎의 우수로 뒤척이던 밤
잠재워 둔 애기들만 별밭에 무성하다

세월의 길이만큼 잊은 것도 많은데
한사코 겹쳐지는 네 모습은 여전하고
북적대는 거리에서도 그대는 웃고 있다

삶은 늘 진부한 거라고 마음에 새기지만 *4*
가장 신비한 기적은 내가 오늘 여기에 살고 있다는 사실이다.
부패한 흙 속에 싹이 자라듯 나의 삶 속에도
그런 새싹 하나 자라게 하고 싶다.

고백의 기도

아름다운 빛깔로 남겨질 수 있다면

바람이 속절없이 불다 가버린 게 아니었지요
흔들어 놓은 가지에 소담한 열매들을 남겼고
피는 꽃의 소망과 지는 꽃의 여운은
그 속에 질긴 생명을 담았습니다

강물은 생명들을 추스르며 조용히
제 몫을 다하며 흐르고
세월은 그 길이만큼의 흔적을
삶의 언저리에   남겼습니다

그렇게 모든 것들은
만남과 헤어짐의 반복 속에서
저마다의 의미들을 고스란히 남겼지요

내가 오늘 보내야 하는 것들도 이처럼
아름다운 빛깔로 남겨질 수 있다면
슬픈 내 집착 흔쾌히 지우며 보내렵니다
그리고
믿음의 눈으로만 볼 수 있는
내일의 형상에 만족하렵니다

내가 당신이기를

당신이 나이기를 바라며
옹골찬 사랑 역시 사실은
서로를 향한 소유의 집착이었습니다

이제, 꿈을 꾸렵니다
생각하렵니다
왜 깃털 구름이 높은 하늘에
한가로이 떠 있을 수 있는지를……

나무는

가지에 소담하게 달린
어여쁜 꽃이 질 때도
윤기 어린 녹색 잎이 질 때도
슬픔을 내색하지 않았습니다

가난을 이고 가는 여인처럼
맨살로 떠는 겨울에도
가지가 꺾이는 바람이 불 때도
묵묵히 하늘만 바라보았습니다

밤새 뒤뚱거리던 영혼들
가지에 내려앉으면
헐벗은 가슴에 안으며
주는 보람으로 기뻐했습니다

다시 봄은 오고
계절들은 저마다 가지에
흔적을 새겨 놓고 갔지만
늘 그러려니 하고
밤엔 혼자 별을 헤고 있습니다

고백의 기도

같은 시간의 길이라도
가난의 세월은 너무 길었고
행복은 순간처럼 짧았습니다
외로움은 막연한 터널 같았고
사랑은 기적처럼 지나갔습니다

그러나
가난도 도약의 기회라면
길지만 두렵지 않다고
외로움도 자신을 발견하는
기회라면 누릴 만한 가치가
있다고 믿으며 살고 싶습니다

삶은 정해진 시간표도 없이
종착역을 향해 가고 있습니다
밤이면 하루만큼 가까워진 그곳
그러나 내릴 준비는
태어날 때와 같이 빈손인데
시간은 내가 내릴 때까지
줄곧 멈추지 않을 모양입니다

오늘은 차분히

당신이 날 이곳에 보내신 이유를
되새겨보며
당신이 싫어할 것들을
하나씩 털어 내려 합니다
그래서
야곱이 루스를 벧엘로 만늘었듯
내가 선 곳에 당신도 계시는
성스러운 곳이 되게 하고 싶습니다

도시 풍경 속

취하지 않아도 휘청거리는 불밭에
넋 빼문 맨살들의 물결이 인다
고독의 누더기 걸치고 광대놀이 한창인데
가슴 풀어 헤친 너스레들 불빛에 춤을 춘다
친절을 팔고 사는 기막힌 사연들이
기웃기웃 돋아나는 무정한 인형나라
조화 어우러진 현란한 공간에선
밤이 벌겋게 달아오르고 있다

아침이면 전사들로 둔갑하여
트로이 목마에서 나와
싸움으로 먹고 사는 노장들이
칼날, 눈빛 부딪히는 소리 소리뿐
무엇인가를 더 얻어야 하는
빛나는 눈빛들 허공을 가르고
거리의 풍요를 눈으로만 만져야 하는
가난의 아픔도 섞여
거리는 삶의 열기로 부대끼고 있다

왼종일 찢긴 상흔 돈으로 바꿔 차고
모두 제 길 가고 나면, 그제야 가난한
영혼들이 하나 둘 별들로 솟아난다

영혼은 먹지 않아도 산다는 것 알면서도
영혼 팔아 밥을 사는 세월을 산다

나부끼는 갈대춤 달빛에 서성일 때
하나님은 하늘 들창문 열고
도성을 향해 한숨 짓는다
"그날에 저 성을 부수리라"

도둑이 잃은 것

황혼의 장엄한 잔재 뒤로
햇살 숨어 버리면
밤의 적막이 깔리고
도둑들이 수런수런
기지개를 켠다

우린 땀이 밴 지폐 몇 장 잃었고
그는 인생을 도둑맞는 순간
개들이 짖어댄다

아침에
우린 지폐 몇 장 잃었다고
큰소리로 아우성치는데
얻은 것을 자랑도 못하는
그 영혼이 어디선가 시름겨울 게다

누가 더 잃은 걸까

어둠 짙은 세상에서
도둑 아닌 사람은 또 누굴까

파도에게 부침

나는 당신이 넘을 수 없는 경계선에서
한가로이 당신의 가쁜 숨소릴 듣습니다

낮아져 모인 영혼들이 두런거리는
깊은 곳엔 뛰어들 엄두도 못 내면서
단조로운 일상에서 방황하고 있을 때면
가끔 당신의 고백을 엿듣고 싶어집니다

순수한 멜로디가 흔들리고
삶의 자취들을 망설임 없이 지울 수 있는
당신 앞에 서기만 하면 불현듯
신비한 영혼의 사랑이 내 가슴에
차곡차곡 쌓여 갑니다

때론, 청춘의 무모한 도전 같은 포효와
뭍을 향한 원시의 몸부림으로 밀려와
찬란한 무지개로 숨을 거두는 당신을 보며
부질없는 것들에 그렇게도 매달리던
자신이 너무 부끄러워지기도 합니다

밤엔 지칠 줄 모르는 당신의 함성 들으며
한의 사연 안고 부딪혀 온 짙푸른 멍들이
하나씩 하늘로 증발하는 꿈을 꾸고
물밑으로 잠적한 수천 년의 비사들이
진리의 승전고를 울리는 소릴 듣습니다

나무는 해마다 제 자리에서
새봄 맞고 있는데

연습이 없어선지
인생엔 전문가가 없었네
나 역시
사랑은 그리움의 골목에서
춘란처럼 향기만 토하다 갔고
유년 시절 소중한 꿈들은
유성처럼 다 져버리고 말았네

그리고 지금
나는
언제 나그네 여정이
끝날지도 모른 채
꿈에도 본 적이 없는
이 낯선 곳에서 삶의 태반을
이방인처럼 버둥거리며 살았네

나무도 나와 같으련만
늦가을에
얻은 것들을
아낌없이 다 버리고
해마다 제 자리에서
새봄 맞고 있는데

나의 새봄은 어디에서도
다시 찾아볼 수가 없었네
벗지 못함인가
벗을 게 없어선가

보리가 자라던 이유
-광주 5 · 18

후줄근한 빈 땅에 소망의 땀방울로
뿌리던 당신의 가난한 마음 알았기에
생명들이 모두 꼬리를 접는 늦가을에
무서리 몸에 맞으며 파란 싹 틔웠지요

겨울엔 하얀 눈의 모진 냉대 삭히며
오직 청청한 정열로 내 사랑 당신께 내색했고
그 숱한 인고를 사랑의 덫에 걸려
비산하는 봄 아지랑이 넋으로 풀어내며
살갗은 온통 당신의 꿈으로만 부풀었지요

잔인한 오월, 피 묻은 손에
한 아름 이삭으로 바쳐진 제물이 되어
당신의 주름진 고난을 씻어 내었는데
보람으로 만족했던 시절이 지나가고

이제 내가 서 있던 빈들에
욕심만 자라고 있는 것은
어인 까닭인지 모르겠습니다
점점 설 곳을 잃어 가는 이 참담함

역사엔 타협이 있을지 모르지만
타협할 수 없는 진실은 오월의 산야에
진초록 소망으로 남기를 바랍니다

소 망

오솔길을 걷노라면
정체된 삶 속을 맴돌던
허구들이 어디론가 빠져나가고
한 움큼의 빛이 머문다
한동안 잊어버렸던
열린 하늘에
틈틈이 얹어 놓은 소망들

서 있는 나무들이 계절의
입히고 벗기는 수난 속에서도
꾸준히 한 켜씩 자라듯
삶의 거센 물살에도 닳지 않고
정금正金처럼 다듬어진 소망이
산란을 앞둔 연어들처럼
가슴으로 헤엄쳐 오는 기쁨이여

손녀의 눈에서

손녀 눈망울이
초롱초롱
눈물 고였다가는
금방 웃는다

순수한 언어다

배고프고, 기쁘고
잠이 오는 것을
오직 그 맑은 눈과
우는 것으로만 표현한다

내 눈에서도
지난 세월 다 지우면
저렇게 아름다울 수 있을까

복잡한 형용사 없이
눈으로만 말해도 되는데
너무 많은 말을 하며 살았나 보다

내가 했던 말 중
진실은 또 얼마나 될까

진실한 만큼 맑은 손녀의 눈
오래도록 간직되어야 할 텐데
세상은 암담한 얘기들로
가득 차고 있어 늘 걱정이다

산길을 걸으며

바람이 빨려 들어가는 유곡
얼크러진 맨발 자국에
아직도 선명히 드러난
생명들의 의지가 보였습니다

능선을 따라 녹색 주름 잡힌 여름
그 아늑한 모퉁이에
부유물처럼 풀어놓은
당신의 신음도 들었습니다

후미진 곳엔 풍상으로 조련된
나무와 풀들의 이야기가
바윗돌에 음각되고
이별을 위해 화려한 채비를 한
가을잎들이 가슴 졸이며
떨고 있는 모습에서
세월의 무게를 느꼈습니다

산에서 살다 산으로 지는
잎들의 조용한 순종을 보며
진정한 평안의 의미를
조금은 알 것 같았습니다

정상에서
당신을 만나려 애썼지만
정복자의 희열에 넘치는 소리뿐
당신은 이미 세상의 아픈 곳에서
홀로 묵묵히 땀흘리고 계셨습니다

가물거리는 돛배를 이별이라 알기까지

푸르름 짙은 바닷물에
마음에 둔 것 다 퍼내면
헤진 틈으로 가지에 걸린
눈썹달 웃는 게 보인다

파도가 숨 거두며 남긴
은회색 앙금들이 흔들거리는
그 마을에서
언제였더라
아지랑이 은빛 저고리가
보리밭 이랑에서 옷고름 풀 때
모두가 떠나 버린 뒷길 돌며
시린 마음으로 울곤 했었지

그리움을 다독거리던
하얀 편지들마저
어디론가 증발해 버리고
가물거리는 돛배를
이별이라 알기까지 오랫동안
날마다 그 물에 마음
헹구곤 했는데

나마저 떠나 버린 세월, 그 후
바닷가 둑방에 남은 건
저 혼자 고향을 지키는
빈 슬픔이었을 게다

회 개

내 사유의 그릇으로 당신을 이해하려고 했으며
풍요에 감사하기보다는 상대적 가난에 상심하고
주신 평안과 기쁨을 세상의 염려로 바꾸었습니다

사랑의 이름으로 나의 명예를 바랐으며
심판의 돌들이 손에 가득한 채 용서를 생각했고
이웃의 고통을 관념적 형태로만 이해하려 했습니다

땀보다는 보잘것없는 물질적 봉사로 만족하려 했으며
빛을 발하기 위한 아픔보다는 빛의 영광만을 바랐고
소금처럼 스며들어 부패를 막기보다 고고함만을
자랑했습니다

기한이 다한 잎들이 바람에 쓸려 가는 것을 보면서도
무상한 인생의 의미를 애써 외면하려 하였고
진리 아닌 것들에 귀중한 시간들을 허비하고 말았습니다

지금 나의 나 된 것은 궤적을 벗어났던 삶의 결과이기에
아픔으로 쓸어내곤 있지만 습관의 고리는 짐이 되고
현실 속에서 진리의 결과는 너무 느린 것만 같았습니다

그러나 죽음의 고난으로 지키신 영원한 승리는

연약한 나의 의지 속에 생명의 불씨가 되어
실타래처럼 뒤엉킨 삶의 혼돈들을 풀고 있습니다

이제야 당신 앞에 조용히 무릎을 꿇습니다
열렬했던 첫사랑을 회복하기 위하여

사막의 환영
-사우디아라비아에서

끝없이 널린 저 모래펄은
차마 인간의 죄를 응징할 수 없는
하나님의 사랑과 분노의 상징이리라

폭양 깔린 모래톱 위에
고스란히 누운 폐허는
가인의 후예들이 쌓다
실패한 교만의 성터였을까

인내로 세월을 녹이는 텅 빈 모래밭에
한바탕 모래 바람 제풀에 꺾이면
천년 응어리 드리운 황사 장막 걷히고
타오르는 모래펄은
다시 원시의 몸짓으로 원점에 선다

무엇으로 이 황량함을 채울 수 있을까
얼마나 큰 사랑으로 이 대지 품을 수 있을까
얼마나 많은 눈물로 이 가슴 적실 수 있을까
암담한 마음 속에 하늘은 왜 이리도 맑은지

그러나
하나님의 저주 깃든 불모의 곳이라지만

죽음 같은 절망, 타는 갈증에도
인고의 가시로 생명을 뽑아 내는
모질긴 생명들이 여기도 자라고 있다

포기하지 않은 하나님의 사랑 의지가
햇살만큼 뜨겁게 거기 충만하다

꽃은 순수함으로 하늘의 신비를 말하고 있지만
우린 알아들을 수가 없다.
그러나 그 맑은 웃음만으로도
우리는 큰 위로를 받는다.

5

벚꽃 지는 밤

아침 꽃밭에서

자기들끼리 두런거리다가도
마알간 이 드러내고
가녀린 손 흔든다
찡그린 송이 하나 없이
넘실대며 웃고 있는
네 곁 지날 때면
사랑의 원시림 걷는 기분이다

긴 밤 내내 눈빛으로만 내색하던
별들의 사랑을 담아내려
위로의 향기로 풀어내고 있는
네 얼굴 대할 때마다
모질긴 시간의 편린들이
희뿌연 안개 속으로 무너지고
미려한 정감으로 널 바라보게 된다

언제부터인가
아내마저 잊어버린 출근길 손짓
색색으로 드러난
네 아름다움 보고파
너만큼 부푼 기대 품고
휘이휘이 길을 나선다

동백꽃 수줍음

잎들 속에 묻혀 있던 꽃이
조심스레 가슴을 열었습니다
나비와 벌, 바람과 빗물이
그리고 사람들의 경이로운 눈빛이
모처럼 거기 머물며
삶의 숨통을 엽니다

겨울 아픔이 없었다면
자기 아름다움에 취해 피고 지는
열대림의 붉디붉은 꽃 같으련만
우리가 같이 겪은 혹독한 아픔을 딛고
기품 있게 솟아난 붉은 열정에
모두가 갈채를 보냅니다

두툼한 꽃잎, 노란 꽃술이 아우러진
수줍은 듯 밝은 미소가
동백잎 사이에서 흔들거리면
족두리 쓰고 시집가던 누나 생각
떨어져 누운 꽃들을 실에 꿰어
목에 걸어 주던 계집아인 어디 있을까

겨우내 이 꽃 피우기 위하여

푸른 정열로 목타던 잎들이
하나 둘 꽃들과 함께 집니다
아름다운 아픔을 가슴에 안고 집니다
진실한 사랑은 동반에서 오는 것
모든 걸 새순에 맡기려는 넉넉한 마음입니다

꽃이 좋은 것은

그 화사한 자태보다는
활짝 웃는 모습이
세상 틈바구니에서 부대낀
구겨진 얼굴
슬픈 얼굴들을
잠시나마 잊게 해주어 좋다

고급 향수의 거드름보다는
은은한 향기로
부드러운 속삭임
조용한 호소
청순한 고백을
다소곳이 드러내어 좋다

아름다움을 뽐내기보다는
기품 있는 모습으로
수줍은 진실
섬세한 미소
소담한 소망을
잔잔히 드러내고 있어 좋다

지는 꽃잎은

영화의 허망
소임을 다한 겸손
말없는 순종
이별의 진한 아픔을
진솔하게 담고 있어 좋다

눈꽃 이야기

상처 깊은 회색 도시가
안쓰러운지 흰 눈이 내린다
하얗게 영근 밀어들이
그 순결의 무게로 서서히
검은 도시를 점령하고

편견으로 가득 찬 세상을
보드랍게 감싸 안은 흰색 정원은
어머니가 꿈꾸듯 들려 주신
종말에 올 묵시록의 은혜

눈꽃이 핀다
덜컹거리는 소음 속에서도
하얀 기적의 사랑처럼
나뭇가지에 내려앉아
순백의 옷으로 닦아야 할 세상을
가늠하고 있다

나무 위에서는 눈꽃의 눈물이
아직 태양 빛에 드맑고

아름다움이 오래 머물 수 없이

바삐 돌아가는 세상 일들은 결국
무수한 경쟁의 허무들인데
몰락한 영혼의 한숨 소리를 들으며
마지막 눈꽃도 세상으로 지고 있다

봄이었을까, 기억의 갈피에서
멍들어 버린 가슴을 열고
바다께서야 간신히 들리는
눈꽃의 함성

울밑 개나리꽃

울밑에서 겨우내 맨살로 버티더니
조용히 봄을 깨우고 있는 꽃
사랑하느냐고 물으면 흐드러진 웃음뿐
며칠을 그러고만 있더니
어느 날
짧았던 만남에 아무런 망설임도 없이
꽃잎 접어 다소곳이 사라지는 네게서
비로소, 다시
봄을 기다려야 할 이유를 알았다

겨울 언저리에 맨몸으로 떨고 있더니
노오란 꽃잎 반짝이며 봄 일구고 있는 꽃
진실과 허구가 얼크러진 세상에서
일일이 서글퍼해야 할 이별 또한 부질없어
연초록 잎 위에 사랑만 살짝 얹어 두고 간 게지

남은 봄, 여름내 무성하게 자라던 잎
가을에 지면, 또
앙상한 기다림에 지친 겨울

그러나
이맘때면 어김없이 찾아올 널 믿기에
잠깐의 만남에 만족하며
환한 미소로 널 보낼 수 있을 것 같다
이제는

벚꽃 지는 밤

보채는 끝물 추위 달래기라도 하듯
흐드러진 미소로 봄 추스르다
이 밤 불현듯
하얀 날개 접어
삭막한 거리 길손으로 나선다
얼마나 사랑했으면
영혼에 새긴 추억 하나 걸치고
모든 것 버린 채 황혼길 더듬어 가나
별들은 달빛에 싸여 꿈꾸고 있는데
바람과 더불어 벌인 현란한 춤사위
아픔 가리우는 천사의 날개가 되어
서로 사랑을 포개며 흙으로 진다

대강 버린다며 살았는데도
부질없는 미련의 낱장들이
칙칙한 삶에 덕지덕지 붙어
드맑은 사랑 얼룩지게 하고
가슴엔 하얀 절망들이 무수히 돋아났다

달빛 머금은 이별의 서러운 문신들이
바람에 쓸려 마음의 문을
어지러이 두드리면
거기, 이별로도 바래지 않을 사랑 하나
누워 있다

목 련

겨우내 모진 삶 견디더니
그 흔한 잎 하나 걸치지 않고
하이얀 봉오리 벌려 웃고 있구나

순결한 네 앞에 서면
민망하여라
겨우내 허무만을 매만지며 가꾼
이 초라한 모습이

부끄러워라
겨울 화롯불가에서
잃어버린 내 순결이
삶이 짐이 되어 팔아 버린 진실들이

봄비 내리는 아침
어머니 마지막 굽은 손, 그
부푼 잎 유복자처럼 남기고
욕심없이 내려앉은 의연한 모습에서
하늘을 거스르지 않으려는 순종이
빗물에 씻겨 하늘로 하늘로 솟는구나

잠들 수 없는 생명의 욕구처럼
그리도 깊이깊이 순결을 보듬고
목련은 굵은 꽃잎을 뚝뚝 떨구고 있다

알알이 제 불 켜고

아름다운 고향의 기억들이
세월의 낙엽에 덮여 가면
마음은 무상한 여백에 머문다

강물처럼 뉘엿뉘엿 흐르던 세월
새 되어 푸덕이고 살 되어 날더니
이젠 섬광처럼 흩어진 황혼

키재기 하던 친구들은 간 곳 없고
아이이고픈 야릇한 연민들이
봄비로 내려 실개천을 이룬다

풋풋한 첫사랑 소녀 가버린 자리엔
추억의 뒷얘기 장승처럼 서 있고

사랑 얹혀 때리시던 어머니 회초리는
줄선 종아리에 사랑으로 배어 있고

빈들 볏가리 사이 같이 뛰던 노랑이는
낯선 아저씨 따라간 후 끝내 무소식

진달래 어우러져 수려했던 뒷산엔

호주산 젖소떼가 오만하게 누워 있고
샛강변에 날고 뛰던 메뚜기는
독약 먹고 떠나더니 길 잃은 지 수년

태 묻힌 초가는 함석 지붕 갈아 이고
주인 없이 낡은 채로 세월을 헐고 있다

꿈 찾아 서울 간 후 머리 세어 돌아오니
추억으로 접기에는 너무 아픈 밀어들이
알알이 제 불 켜고 가슴속에 박혀 온다

징검다리

해걸음을 재촉하던 눈썹달이
그 얼굴을 잔잔히 비추고 있지만
지난 큰물로 몇 번이고 씻긴 자리엔
파아란 이끼가 덕지덕지 돋아
세월이 미끄러지고 있다

새로 난 다리로만 오가는 사람들
물에 떠밀려 가도 누구 하나
마음에 두지 않으련만
가파른 산마루를 향해
고집스레 앉아 무얼 생각하는지

흐름도 밀림도 의미를 잃은
허공에 푸덕이는 한 마리 새처럼
모두는 삶의 함정에 잠깐 머물다
속절없이 떠나는 세상에서
그만 기다림의 짐을 벗어도 될 것을

닳아 버린 얼굴로 버티고 앉은
그 모습이 측은해 건너고 싶은
미련도 남지만
결국 미끄러울 것 같은 예감에
나 역시 새로 난 다리로 건너가고 만다

오늘도 그리워서 왔다 떠나지만

모든 게 변해 버린 곳
그러나
마음 속에서는
아무것도 변할 수 없는 곳

어머니 발자국마저 선명한
옛 집터에서
지난 세월의 길이를 재어 보지만
눈금을 매길 수 없는
무정형이었습니다

오늘도
그리워서 왔다 떠나지만
얼마 지나면 다시 오고픈 곳

그러나
어머니 가신 후로는
이곳에도
내 한 몸 쉴 곳이 없어
그리움 안고 타향으로
다시 돌아가야 할까 봅니다

고 목

고향 마을 어귀에
삭풍의 우격다짐에도
할아버지 쉰 목소리로
세월을 삼키고 있다

눈자락으로 발등 넢고
땅의 것 땅으로 돌려주고
그 긴 세월을 맨몸으로
목숨 하나 물고 서 있다

산너머에 영글고 있을 봄
넌지시 건너다보며
안으로 솟구치는 기쁨을
가지로 밀어내어 춤추고 있다

만남과 헤어짐이 다 부질없다는 듯
마른 가지 스치는 바람 소리뿐
고목은
그렇게 한가로이 내 마을을 지키고 있다

나는 또 떠나가야 하는데

고향 길섶에서

세월만 흐른 게 아니었는지
구불거리는 신작로에 무성했던 얘기들은
아스팔트 생소한 비늘에 가려지고
마구 자란 풀들만 진화되지 못한 채
길섶에서 끈질긴 유전을 답습하고 있다

밭이랑에 무명 적삼 아낙들은
제초제 등쌀에 밀려나고
흰머리에 어울리지 않는
양장차림 할머니들만 모여
자식들 소식에 낙을 삼아
그렇게나마 듬성듬성 자릴 지키고 있다

떠날 때 겨우 가지 추스르던
다박솔도 아름드리 줄기에 세월을 감고
어엿한 장송으로 버티고 서 있다

발 닿는 곳마다 묻어 둔 얘기들이
무리지어 떠오르다 신기루처럼 사라지면
색 바랜 단막극 휘장엔 아득한 허상들만 걸려
시드는 명예의 껍질처럼 차갑게 숨을 쉬고
이방인 같은 어설픔이 서린다

그리던 고향
떠나야 했던 절박한 얘기들은 변명처럼 낡고
모든 것들은 망각을 위해 존재하는지
이제 세월의 징검다리엔 나 혼자뿐이다

계절은
세월을 재는 잣대가 아니라
인생의 우여곡절을 담은
그릇이었다.

산에 **하얀 바람**이 불더니

봄 기지개

하늘에 고여 있던 푸른 샘물 내려
온 세상 생명의 옷자락 적신다
쓸모 없을 것 같던
묵혀 놓은 자투리땅에도
넉넉한 젖줄을 잇고
가난한 연인 눈물로 보내듯
주춤거리는 겨울 커튼 걷는다

생명들은 고독의 빗장 풀고
억만을 잇댈 사랑에 들떠
초록빛 가슴 열어
그리도 급히 마른 가지에
꽃들을 솟구쳐 내는구나
나 아직 빈손, 슬픈 얼룩이 부끄럽다

산에 하얀 바람이 불더니

산에 하얀 바람이 불더니 눈이 쌓인다
어지러운 세상을 더 이상 보지 않으려는 듯
묵묵히 하얀 홑이불 끌어 덮으면 하늘의
맑은 애기들이 하나 둘 가지 위에 걸린다

하얀 나비들의 춤사위가 그치고
모처럼 가난을 벗은 산은 빛나는 얼굴로
회색 도시에서 밀려온 나무들의 발목에
솜버선을 신기며 은빛 웃음 짓는다

하얀 장갑을 벗어 버린 억새풀 곱은 손들이
잃어버린 것들을 그리며 살랑거리고
시린 얼음 밑엔 수정 같은 물방울이 도란도란
어눌한 돌들과 바위의 얼굴을 씻어 내린다

무궁한 세월 홀로 버텨 온 산은
겨울 갈증으로 보채는 생명들을
가슴에 지펴 둔 사랑의 무게로 껴안고
창창했던 여름 애기 들려주고 있다

간밤엔 바람이 둥지를 틀다 갔는지
낙엽들이 이불처럼 펼쳐져 있고
헐벗은 가지들이 모처럼 낀 눈장갑을
심술꾸러기 바람이 장난치듯 빼앗고 있다

노을 지는 강가에서

빛의 죽음이 찬란한 색깔로
강물에 잔잔히 스며들 때
동맥 혈관에 솟구쳐 오르던 욕망도
평온한 관조의 사랑으로 옷을 입는다

가슴을 열고 눈을 들면
잃어버린 것들의 회오리가
곧추선 갈대들을 흔들다 어느새
석양의 침묵으로 자취를 감추고
작은 가슴 속에선 몰래
혼자 이겨내야 할 사랑의 밀어들이
조롱박처럼 하나 둘 떠오른다

세상 온갖 바람에 시달린
바람개비의 그리도 아픈 얘기들은
낙조의 긴 여백에 묻고
그만 돌아서려는데

삶에서 뒤채인 진실이란 것들이
외로운 그림자 길게 늘어뜨리고
아득한 절망감을 강에 드리운 채
노을빛을 삼키고 있다

갯마을 여름

나무들이
녹색옷 차려 입으면
사람들은
허영의 옷들 벗어 버리고
원시의 몸짓으로
갯마을로 돌아온다

모래 위
맨발자국에서
유성들이 조는 밤
멀리 가물거리는
호롱불 하나
위태로이 흔들거림은
꿈에도 잊힐 리 없는
어머니 숨결인 듯

무정한 것들이 스쳐간
나이테 위에
그리도 간신히 남은 건
파도 소리에 밀려오는
어머니 한숨 소리뿐

숨차게 모래밭 달리다 쓰러지면
파도가 밀려와 깨우던 곳
여기 선명히 찍힌
어머니 발자국마저 쓸어 가고 없구나

초록빛 영상

아직 시린 흔적들이 짙게 깔려 있는데
초록빛 영혼들이 기웃기웃 머릴 내민다
헐벗어 메마른 가지에서, 흙빛 양지에서
생명들의 반란은 허물어진 겨울을
외진 북녘으로 몰아내고 있다

초록은 시작의 빛깔
바람 따라 가버린 사랑의 밀어들이
그리움만 남기고 떠나 버린 얼굴들이
늦가을에 섧게 울며 날아갔던 철새들이
초록빛 사이로 모습을 드러낸다

겨우내 삭풍이 섭렵하던 언덕바지
노오란 잔디 밑에서도 초록빛의 손짓
버들가지 가랑비에 흰머리 감을 때
비에 젖은 추억들 깨어나고
봄 보푸라기들 하나 둘 맨가지에 걸리는데

내 님은 어느 초원에서 날 그리고 있을까

가을이 오는 길에서

푸르름 털어내며
생명의 키질을 위해 가을은
순종의 깃발 앞세우며 온다
알밤송이 부푼 가슴 매만지며
흔들거리는 코스모스 꽃길 따라
익보처럼 늘이선 제비들 시열 받으며
잠자리 날개 타고 온다

이별에 익숙한 조련사처럼
드센 무더위 수레로 실어내고
성장한 나무들 옷고름 풀어
색색의 열정을 터뜨리며 온다

때가 되면 무서리 맞아
노오란 잔디 위에 너부러져도
누대에 걸쳐 지탱한 생명이
실팍한 열매 속에 간직한
푸른 칼날 세운다

두고 가야 할 것으로 가득한
손바닥만한 땅에서 문득 하늘을 본다
그리고 미련없이 피어나 햇살 속으로
사라지던 꽃잎들의 함성이여

영혼에 남은 한마디 고백은
그냥 사랑이었다

은색 달빛, 흰 눈 덮인 고요
그 청초한 적막을 열고
살포시 내려앉은 천사 하나
그윽한 눈빛, 행복 담아 웃던 얼굴엔
충만한 사랑이 잉태되고 있었지

아무도 밟지 않은 하얀 길,
에덴의 동쪽 향해 펼쳐져 있고
장대 소나무들 증인이 되어 갈채 보낼 때,
우리 가슴 가득히 환희의 별이 떴다

설원에 난 두 줄 발자국에 담긴 진실들
달빛에 인화되어 하늘 높이 올리울 때
땅과 하늘의 실타래가 우리 영혼 묶으며
시린 발목이 덥도록 걷고 걷던 밤

말 없어도 수많은 약속들 영혼에 쌓이고
마음 차마 내색할 수 없어 손만 잡았지
손끝으로 전해 오던 전율은
가슴에 살아남은 마지막 전설이 되고

영혼에 남은 한마디 고백은
그냥 사랑이었다

해묵은 감나무

촘촘히 잎 빼어 문 가지들 이고
하늘을 향해 나일 먹는다
갈 곳 없는 새들을 불러모아
보금자리까지 마다하지 않는 네게서
넉넉한 내 어머니 사랑을 본다

때론, 청풍 음률로 사랑을 고백하고
돌풍으로 고뇌를 내색하며
강풍으로 열정을 드높이는
선 듯 꺾이는 듯 춤을 춘다
갈채에 연연하지 않고서

시린 맨가지에 삭풍이 일면
찬란한 봄 기지개 꿈꾸며
인고의 넋을 다독거린다

겨울 뒷자락

오만한 죽음의 계절은
살벌한 공간만 남긴 채
옷깃 여미며 돌아서고

수도 없이 옷 벗어
메마른 살갗엔
내 그리던 넋을 닮은
꽃망울이 수줍게 웃는다

혹시 나비가 날아들까
설레기도 했지만, 아직
산자락 밑에 주춤거리는
냉기가 하얗게 웃고 있다

겨울 속에서 봄을 보는
성급한 기다림
언제나 나의 봄은
이렇게
성급한 그리움으로
시작되고 있었다

나목의 휘파람 소리에

나목裸木의 휘파람 소리에
가을이 지고 있다

비가 내리고
바람이 스치고
하얀 고독이 그리움들을 앗아가는
치열한 싸움의 먼발치에서
묻혀 가는 얼굴들
사랑도, 그리움도
모두가 티끌의 전설인 것을

나목의 휘파람 소리에
가을이 지고 있다

바람은 정적에서 피어나는
그리움으로 숨을 쉬는지
산사山寺 가득히 맴돌다
빈 눈물만 두고 훌쩍 떠나간다

하얀 눈밭

헐벗은 대지 위에
순결한 사랑의 언어들이 새록새록 쌓인다
하나님의 애착이 거기 서리듯

촘촘히 박힌 설움의 발자국들 지우며 지우며
하루 왼종일, 그리고 늦도록
그리움의 깃털들 포개더니
이내 어둠의 차일로 아픔들을 덮는다

거스르지 않은 자에게 복을 내리듯
어머니 솜이불이 가지 위에 걸쳐지고
나무들은 저마다
긴 그림자 드리우며
희뜩희뜩 밤으로 가고 있다

땅 위의 봄

땅을 비집고 들쭉날쭉 발기한
생명들의 은밀한 반란
너부러지게 자고 난 대지 위에서
잃어버렸던 것들의 기지개 소릴 듣는다

억만년을 이어 불씨 나르나
이 봄,
냉기가 채 가시기도 전에
속앓이 사랑, 싹 틔우나 보다
생명은 늘 모진 다툼의 기적인 것
어제 같은 오늘이 아닌
힘찬 발돋움으로 내일을 향한
무언의 함성이 거기 꽉 차 있다